REGINA DIAS

Boca Lunar

Editora InVerso

© 2024. Editora InVerso

R. Doutor Goulin, 1523 Alto da Glória
CEP 80040-280 Curitiba-PR
(41) 3254-1616 e (41) 3558-8001
editorainverso@editorainverso.com.br
www.editorainverso.com.br
Facebook.com/editorainverso
Instagram @editorainverso

COORDENAÇÃO EDITORIAL / EDITORA
Cristina Jones

REVISÃO
Luciana Leal e Camila Dias Manoel

CAPA, PROJETO GRÁFICO E DIREÇÃO DE ARTE
Adriane Baldini

DADOS INTERNACIONAIS DE CATALOGAÇÃO NA PUBLICAÇÃO (CIP)
MONA YOUSSEF HAMMOUD – CRB/9ª.1393

D541b
DIAS, Regina. **Boca Lunar.**
Curitiba: Editora InVerso, 2024
116 p. 15 x 18 cm PTBR
ISBN: 978-85-5540-418-4

1. Poesia. 2. Introspecção. 3. Fluxo de pensamento.
4. Temporalidade. 5. Observações do cotidiano. 6. Reflexões.
I. Título

CDD: B869.14

POESIA: B869.14
INTROSPECÇÃO: 128.2

ASSOCIADO CBL Câmara Brasileira do Livro

brazilian publishers

Aos meus netos, à minha neta,
e a quem mais vier.
A meus filhos e noras.

Meu agradecimento à Silvia Lobo.
Aos meus professores, pessoas especiais.

Janela andaluz

O inferno era eu. Vestida por todo sofá, afundada. Ouvidos colados ao tecido que rangia. Levava lentamente a cabeça, pouco, linha sublinhada, assistindo à dupla de sofás colados como cães de guarda. Sem impulso para mover as pernas ou o quadril, inerte, respondia ao quarto.

Teto baixo, branco, sem manchas, riscos ou um bocal para lustre. Vibrava a corda atando meus pés — e eu não ousava. Mãos em prece com um fio gordo de nylon cinza cruzado.
O peito apertado.

Presa à sala.

E o silêncio imposto pelo meu senhor. Suas caixas de borboletas alfinetadas, milhares delas, a coleção impecável e morta, e a luz nas cores.

Luz de fresta espremida entre duas tábuas de madeira trabalhada, janela andaluz, arco marroquino de azulejos formando flores. Uma linha definida do chão à meia altura em branco, depois o multiplicado mural caleidoscópico.

O gato chegou e era pluma. Pisava no mármore escorregadio. O rinoceronte esticou seu chifre acima e eu vi seu pescoço marrom chegar a rasgar cortinas de seda multicolor. Gaivotas giraram sobre meus olhos baixando o voo musical sobre meu rosto liso, branco.

Agora, tudo cala frio.

O som de minarete dobra as palavras sem conexão.

Tarde descubro que o quarto é sarcófago.

Trilha Branca

Inicio pelo papel em branco.

Gostaria de pintar um autorretrato como Lucien Freud, veias e carnes brancas esticadas em tensão. Penso. Imagino telas de vídeos estreitas e quadradas onde rodam filmes distintos. Cada hora de um dia dos meus dias quase infinitos. Edito-os.

O zoom entra pela janela do escritório, a câmera me encontra lendo algo desimportante. Quadros, desenhos e gravuras nas paredes, o computador de tela grande, meu lugar de criar. Traço.

Três modestas prateleiras de livros, alguns LPs que me recuso a vender, mesmo não tendo mais a vitrola de agulha shure elíptica. Ainda saboreio o som em mono. Desenho.

Calço tênis, mesmo no outono, meia grossa estampada, o dia nasce muito frio e a cada hora o sol vem mais. Tardes caem repentinas. Durmo quando o inverno da noite chega. E onde moro só. Escrevo.

As lembranças, num repente. Os dias mais vazios, mas repletos de histórias. E justamente essa mistura entre o real e o imaginário me completa aos 69 anos. Leio.
Filhos cuidam de si e de seus filhos como tentei ensinar ou como modelo na ação. Por vezes, não os reconheço. Vindo em bando, melhor. Nos distanciamos no espaço e no tempo. No pensamento diário, à toa, estão lá em tudo que aprendo. Escapo.

Voltei às aulas de desenho. Sou garota de novo num ateliê cheio de variedades, bagunça arrumadinha, lápis apontado, um maço de papel A4. Ouço.

Dos muros da infância até este traço preto no papel, o melhor eu guardo. Todos os beijos foram bons. Abracei e abraço pra valer quando é alguém que, enfim, chegou. Apaziguo.

Não desperdiço nenhum instante. A curva que me levará ao fim é de um círculo completo, analogia de um minicosmos. Amo.

a casa só precisa
do fogo de assar
fogo de aquecer
o fogo da paixão

a casa só precisa | do fogo de assar | fogo de aquecer | o fogo da paixão

Regras de tatuagem

quando fundo é preciso ser **negrodesejo**
levesazuis nas bordas dos lábios
amarelointenso
para as gamas e tons do querer vermelho
quando **parasempre** vermelho para
dilacerar
entre duas pessoas entre as paredes
e os dias de trinta horas
tatuamos
nós em outros
dias de escuridão

noites certeiras

agulhas de ponta fina

nas palavras

nós em outros

dias de escuridão **amorlonge**

a **invasão** do

amargo construtor

diadesilêncio

Tatuagem

Boca lunar

Aguardo meu pedaço de terra no Metaverso. Enfiarei dois grandes olhos negros e cegos pela cabeça, apertando o que restar de orelhas envolvidas em fones ultraleves. Um gesto me colocará nas ondas que nunca surfei. Terei festas abyssais, jatos ultrassônicos na hiper-realidade em flor. Escolherei meus sons transversos, inversos de samba, blues rasgado. Na boca, as frutas do mercado da baixa Salvador, as cerejas abandonadas num banco em La Barceloneta, os figos abertos sobre a rúcula, fatiados como lâminas. De LA passarei flutuando para o Montão de Trigo mergulhando com Tomás. Os dois livres de snorkels na busca do ouriço que racharemos na popa, à faca.

Ovas laranjas movendo-se no céu da boca lunar.

Viajar é mais

Dormir num outro embrulho de lençóis, viver com diferente invólucro de lugar. Deitar num travesseiro-salsicha.

Visito, logo no primeiro dia, o mercado municipal ou mais de um, se houver. Sou atendida pela gente representativa dali. Como ir à feira livre em Florença, ouvir a gritaria similar às nossas, em outro e diferente tom.

Me familiarizo com os nomes das verduras, flores e sementes — e vivencio brincadeiras usuais. E rio com todos. Compro frutas da estação, as locais, frutas secas farturentas, pesadas em gramas, colocadas em saquinhos de papel para serem degustadas no banco à beira do rio, de frente ao museu, numa mesa da calçada. Me aproximo da cidade ficando quieta, observadora, numa de suas praças. Horas assistindo a formas de agir, vestir, cobrir o bebê no carrinho, amarrar sapatos, ler livros — qual livro? Observar a postura daquele guarda municipal. Como as plantas não são pisadas, nem sequer a grama rala de outono?

Há surpresas. Como ser cobrada por sentar no Hide Park. As cadeiras lá me esperando, livres, eram pagas. A fiscal chegou com uma espécie de caixa, rodou uma manivela e dali saiu um ticket. Era pagar. O argumento de que não tinha visto a sinalização ou nem sequer tinha dinheiro para tal (no tempo da libra dividida em doze partes) criou um espanto anglo-saxão. Me movo pelas ruas sem saber onde aquele beco vai dar, sem mapas. Na periferia da cidade almoço num local repleto de pintores em macacão furta-cor e, em silêncio, escuto as discussões acaloradas. O falar do dia. Fico até tudo se aquietar. Esse foi um determinante para meu mergulho no *barri** judeu em Barcelona.

Adoro livrarias pequenas, as que não constam do Guia da Cidade. Já comprei todo tipo de livro. O de receitas de tapas em catalão se tornou um troféu de ousadia e diversão. Saboreio as suas fotos e sei que nunca conseguirei montar um só petisco sem a ajuda de tradutor. O exemplar vive ali na prateleira da cozinha, autônomo, me seduzindo.

Coleciono muitas horas de observação da gente com quem cruzei ocasionalmente, troquei um sorriso, pedi ajuda. São poucos carimbos no passaporte, mas mergulhei de cabeça num panforte em Siena, na Piazza del Campo, depois de um expresso corto.

(*) bairro, em catalão

Sahy eu de lá

Aqui uma, beira-rio, ô rio-mar. Tô sentado pitando, ócio pra cima, venta e a goiabeira me deita uma de mel. Puxo com pé a goiaba vermelha, esse noivado doce de pitá, juntá com pé, acariciá. Traz vento esse mormaço, abro os braço. Sahy eu de lá. Tô pra cantá, mas não sei, me acocoro. Sou sertão de pau, sou cacho de buriti e só sirvo de água de pote. Pinga o doce, espalho a mão, bato a boca e vou ventando.
Moço, nunca que quieto.

piano

piando baixinho

água enchendo a caixa

maritacas se movem no estuque

vez ou outra

garras tentam andar

o livro da Rita Lee é macio

e o som da virada da página

seco e rápido

tem um piano de folhas sacudindo lá fora

Noite

I

Cara no asfalto. É noite nos olhos daquela criança.
Cara na areia. É noite dentro daquele menino.
Cara na cola e enevoada a grande noite cerrada.
Refúgio dos olhos, os noturnos em teclas de titânio.

A natureza dormia em gemidos.
Pios de tudo, estalos de sementes

O desespero da insônia.
Doce ilusão de quando estávamos suspensos
Na mesma noite de onde vem a morte e o amor

II

Noite de trabalho em salas negras, parede e teto. Brilhavam imagens desconexas para que eu as combinasse em narrativa. Noite em que bebíamos e, da sala de edição, voávamos para os bares.

Noite dos bebês chorões, entupidos, noites de embalar cuidando do cansaço para que meninos não caíssem do braço. Sentada ouvindo o nada da madrugada e o respirar pulsado deles. Bebês.

Noite de estudar, do ruído de entulhos no caminhão de lixo — os altos ruídos na sala de almoço coalhada de livros e páginas. Transformada. Dormíamos às cinco da manhã, aula ao meio-dia. Por meses invertemos o sono para ganhar o louvor da disputa desigual.

Noite de amar, passear na praia. Andar em silêncio, pensar menos, reter o dia. Longas estradas e os faróis fracos contornando a serra, cachoeiras, brilhos sem nome.

Noite de caçar satélites — que, amarelos, brigam com o poder de naves-mãe, estrelas que já foram deixando para nós sua alma de luz viajante.

roupa que balança

verga o corpo porque a chuva
se mostra no topo do morro eeê-vem
aqui não chama serra, não. aqui tem morro
é chuvão, bão, de deitar cabelo
de palmeira quase trincar rachada
violência reverenciada
como se em nós se instalassem
átomos novinhos
pode empurrar, empurra
pode me encharcar
com essa força me torno ferro

veio da terra

arremesso
me deito em miolo nas cobertas
meu amor está longe num condensado
amálgama de tempo
não há conquista
só luzes e noite
variantes e as sombras
o lixo
a prata o denso o incerto
amor derretido nos incêndios
das igrejas barrocas
ouro abundante de minas esgotadas
ouro dos negros descendo ladeiras
voltando ao veio da terra
meu amor está longe
coragem

Baudelaire-in-me

Me faço vidro quando do vinho me aqueço perguntando solene onde meu copo se foi — talvez nesses ventos rasantes que desqualificam minha fala, essa primeira pessoa, Regina, rainha das batatas de Machado, sonolenta e boêmia — aquela que gosta mais de cães do que de gatos. Manjedoura iluminada no teto de meu quarto. Vou deixar tantos filhos a me espreitarem no dia final. E chorarão, meio Nelson Cavaquinho, tiro meu sorriso do caminho. Farei análise para desorganizar esse conjuntinho em Ban-Lon que agarrou na alma — sou junk mesmo! me falta é coragem. Mamãe, Coragem. Gorki, Ionesco, dantesco.

ID ajuda, mergulha. Meus pneus estão arriados — quero contornar o lado zen, de carro com música e ar-condicionado. Acho que me arrependi de tudo que desenhei aqui porque não é texto, é linha, flash contínuo. Eu, essa sempre amarrada ao cais. Verei se sonho, me bebo, se Baudelaire-in-me.

_bandana

full do Milagres dos Peixes no Municipal
uma sinapse depois sou jogada no foyer
no mesmo dia
onde o cheiro da marijuana viajava
bandana na cabeça, bata indiana
e meu namorado Maninho
ouvi e vi, flutuei
sem saber que estava no
olho do furacão

um sino de catedral
fincado no palco
ressonando ainda

devagar, morremos

era casa, trato, refúgio
era abraço quente no colo da tarde.
apavorado beijo sem ar.
foi devagar — morremos.
era teto, o chão cabia no entorno
véu em vento sudeste.
nós na ponta da pedra
construindo aforismos.
a barbárie é filha da ignorância.
não há aonde ir, estou fincada com
concreto nos pés — assistindo ao barco
vindo em minha direção
subirá pelo cais como Fitzcarraldo
transpondo a mata para atingir outro rio
correndo seu piso, essa cabeça torcida
eu, a tora de pau
que depois de carregar o navio
flutuará abandonada até a foz.
era casa, trato, refúgio.
esfacelou-se em fundo d'água.

juntos mãos,
e não necessariamente peço.

o espaço no papel
é também desenho
é assim mesmo
a Poesia

o espaço no papel | é também desenho | é assim mesmo | a Poesia

Pedra Tupi

Itamar

é o peão do aboio

alvorada, vindo de longe

canta sobre o cavalo

o peão do aboio

canta aaalto, o vale escuta

cheiro do dia

vemvindo

vemvindo

vemvindo

cantando

Itamar

The fool on the hill

Ar do carro direto para o rosto. Ouvindo como McCartney tocou a primeira vez The Fool on the Hill. Repeat, repeat. Paro no sinal. A música está alta como se fosse eu um menino de sábado na perifa. Minha audição foi presenteada da juventude à maturidade. Do mono até a cabine do carro transformada no estúdio Mosh. Me basto no volante ouvindo incessantemente como uma moléstia. Balançam as folhas da rua de um canto ao outro e, vindo, dois rapazes parecem caminhar para a praia. Ela não existe aqui. Meu país está à beira do caos, ingovernável, intolerante. Ratos invadiram da proa à popa. Eu, The fool on the hill. Sees the sun going down and the eyes in his head. See the world spinning round, round, round, round, round

completa lua
a mata vibra
ar de chuva

completa lua | a mata vibra | ar de chuva

_abro meus olhos

abro meus olhos
debaixo do lençol
você está aqui
nu
deixe divagar
seguro suas coxas
deitada de bruços
o rosto de frente ao falo
antes
vem seu cheiro
o lençol tem cheiro
a tempestade tem cheiro
meu colo urra
deslizo o colo
chego
no umbigo
meio corpo elevado
o falo no centro do quarto
acabo por sentar
em você
olhando no seu olho
temos tantas dores
mas você me diz
te amo

não sei bem
se adormeci
se a pequena morte
me deu sua vida
debaixo desse lençol
nu
o ferver reina na tarde
molha minhas coxas
inunda as cobertas
a tempestade que
vejo dessa janela
é você me inundando

paro para escrever
paro de respirar
vou de aluvião
e se escrevo
num universo paralelo
é porque cheguei à realidade
acabo de transpor
falta ar
falta luz
dispenso a morte
deitando você na brisa

todo poder
restringe
e tarde-ainda-finge
por nós
tristes esfinges

todo poder | restringe | e tarde-ainda-finge | por nós | tristes esfinges

Ia eu

Calçada plana, muro amarelo chapiscado, vez ou outra pegava meu cotovelo, o ombro de lado. Se corresse estabanado com minha lancheira de couro, estabanava tudo para os lados do muro. Mesmo assim, ia eu. Um dia garoava e noutro, neblina. Ouvia bem antes o barulho da escola porque, querendo chegar, o som chegava antes. Na ponta da orelha pairava uma névoa e um raspado contornava a cabeça. Despia a nuca mal lavada. Ia eu menino. Maçã embrulhada em papel, garrafa com suco de uva adoçado. E um doce-surpresa nas quartas-feiras. Eu tinha mãe, tinha pai, tinha irmãos, boas tias. E conversa fiada.

Tinha eu um mundo naquele único par de sapatos.

o menino do bombardeio está em todas as imagens

enche d'água meu olho, enchem os dois.

coçam

é a representação fiel da nossa idiotia

Ulisses

Me contou Ulisses de olhos vendados o canto das sereias. Me fez ver como obstinadamente encontrou no vento o condutor louco para que não se desviasse da rota traçada, impedindo o fim. Me contou como pessoas atraem outros para baixo, para que parem de brilhar, determinadas ao objetivo. Depois foi a emoção reprimida e como ela volta encapsulada do fundo da memória. Nos arrebata com a mesma intensidade do momento, esteja ele guardado onde estiver, no profundo. Einstein e Freud. Cem anos para as ondas gravitacionais existirem comprovadas. Cem anos para Freud cumprir seu papel na História ao dar entendimento aos nossos terríveis e ocultos sentimentos inomináveis.

Ao fim, vem Ulisses pelas ondas do espaço-tempo impedindo a queda atraente e o estilhaço. Aquela figura multifacetada, a memória, essa louca branca que se desprende colorida e deságua nos olhos da Menina.

pássaro onomatopaico

baixo riacho
baixio
navego seco
no estreito à
margem

giro a botina
areia grossa
grassa o ar

assisto ao pio
insistente
do sanhaço

corre azul
riscando caminho
um trinado
asssisssimmmm
feérico

feito peia
na canela
do burrico
cansado

toros

para quê descrever
um touro?
todo tempo imagens
de Picasso
e seus toros

Obra-prima é silenciar

tolos

toros | para quê descrever | um touro? | todo tempo imagens | de Picasso | e seus toros | Obra-prima é silenciar | tolos

...

Se é para repartir o pão, parta. Se for para partir o chão que está aos pés, parta. Se já estiver guardado em um lugar muito precioso, um conselho generoso é deixar que veja o sol. Pouco resta.

...

Urubu prata

O carro descerá sem esforço morro abaixo pela Mantiqueira. Mil pequenas curvas fazem o caminho de Gonçalves, e na segunda-feira essa pista vazia é minha. Vai desabar um aguaceiro lá pelos lados que vou e as nuvens, creio, nascem aqui. Desço com elas.

O urubu que dá rasante está mais negro, chega ao azul. Depois, as mesmas nuvens passadeiras vão cruzando meu caminho em zigue-zague e uns pássaros-brancos-que-não-reconheço acabam prata. São meus olhos tomados de laranja com a refração da luz. Deveríamos ser assim a cada dia — urubus e pássaros brancos. E que outros pudessem não nos distinguir mais, nos isolar mais, nos afastar mais, tomados todos verde da mata. As guerras se iam.

Há esse tempo
exíguo
que tortura o espelho
Envelheço

Há esse tempo | exíguo | que tortura o espelho | Envelheço

Curamin

Cubra-se com a manta de lã que tingi no banho da ferrugem. Acobreei o balde, colorindo também meus dedos! Viraram lábios.

É puro carmim meu desejo, mas quero apenas um leve roçar da tua barba. Deixar romãs de lado, picar a melancia, levar para a cama tornando o corpo doce e gelado. Acender as chamas do fogão ao amanhecer. Café torrado em bronze, esse aroma de manhã.

Depois, aqui levantou o sol e se pôs laranja, e nada de a cor sair das unhas. Tingir deixou zarcão nas minhas palmas, e as linhas da vida, incendiadas. Tudo que é vermelho em mim é em você.

Voltei da cidadela com uma caixa pequena de morangos coberta com um pano que me lembrou o toureiro em Málaga. Fugimos daquele horror. E no trem para Tarragona? Os trilhos em brasa como veias cruzando Espanha.

Para quê escrever, se posso dizer? Chegue. Talvez inventar uma palavra que misture urucum e curare: curamin. E dela fazer uma espécie de benção brasileira, sumo de pau-brasil para o nosso retorno.

Ruben, volte logo, sinto falta. Mordo os morangos carnudos e me vêm seus beijos espessos. Estou rastejando pela sala, melosa, calda de açúcar no manjar, derretida. Mas descanso imaginando seus passos a caminho, pela estrada de terra molhada, vindo.

Ao partirmos de Espanha, levaremos a guitarra construída pelo luthier ruivo, intenso, falador. Hombre! Lembranças de cerejas, da bandeira Catalã nas sacadas das varandas, de Miró. Amalgamar na alma os passos determinados do flamenco.

Apresse esse passo.

Espelhos

Sala de paredes brancas e vidros grandes.

A varanda nada generosa, mas que alonga até o sol, a Leste. Vejo a diminuta linha das árvores centenárias de minha universidade. Dois antigos e surrados sofás onde afundo os netos de beijos. Uma mesa grande que fica pequena a cada ano. Móveis escolhidos para o sempre.

São, afinal, parte de tudo. Os vidros sobrepostos são espelhos de lembranças. Por trás deles, vivo, um Van Gogh atormentado. Assisto ao parrudo guarda holandês beijando a namorada, doceira. Olhos expressos, passagens de trens ultra velozes. Tenho flores secas espargindo sementes em chão infértil. Tacos riscados de dança e amor. Marcas negras de pisadas fundas. Cenas, como carimbos. Livros exaustos. Sorte existirem floreiras nas duas janelas como balcões. As mini roseiras e seus espinhos protegem — nem se entra, nem se sai.

Uma aquarela perto da luz externa. Ora se faz azul, ora dorme. Um casal de noivos em barro do Jequitinhonha. Peças da escultora pirenopolina, Safia. Todas elas, como os vidros, imagens de ontem.

Nela me cabe (a sua) sonora solidão.

(...)

se me abandonou
melhor
me sinto livre
desidrato o sal das lágrimas
noutro mar acidental

se me abortou
como criatura
irei buscar formas
nos fractais ou entre flores

se me esqueceu
vou me matar
incensar a casa de trovões
romper tímpanos

Finitude

Recolho papéis, peças de roupa velha, tênis batido, mala de mão. Tomo o rumo da serra que, devagar, vai enchendo meus olhos de verde, vários verdes. Sou eu. Sento lá na soleira da casinha que se ergue, olho e respiro.

A Finitude da Vida senta ao meu lado. Pede com delicadeza que observe tudo como nunca fiz. São outras montanhas, outra roupa, o céu — não contrário — é outro. Estamos em velocidade pela galáxia, em translação, em rotação! Mas tudo logo estanca. A Finitude da Vida afaga minha mão direita. Levanto o olhar.

Entendi.

Subirei sempre a serra, sentarei na soleira, olharei o mato com a pressa sã dessa urgência.

Vermelho-Miró

Nubla o céu em Barcelona
mas o vermelho não muda de tom.
O vermelho é fechado e intenso
em chuva ou sol.
Perambular pelo bairro gótico,
o antigo e medieval local dos judeus, assombra.
Lindo e contraditório.
É um canto da cidade sem vermelho-Miró.
É uma espécie de tristeza
que balança.
Muitos judeus se converteram
tornando-se cristãos novos.
Muitos que se esconderam em sua fé
e etnia eram cabalistas.
Girona tornou-se o refúgio.
Barcelona temperada
multifacetada
catalã.

Febre

Essa moleza da febre me fez virar sem sentir. Dobro-me deitada, rolo para o centro, pernas penduradas. Sonho com a infância, rompendo com pessoas que nesses anos estavam impregnadas. É um novo parto — tenho que me contorcer, pois vou tentar sair desse escuro quente, minha mãe. Conto nos dedos quantos expurgos forcei, quanto empurro, gelo, vedo, atrapalho. Trinta e oito graus. Os olhos convergem, escurece, acordo sobre meus braços. Devo sair daqui a pouco. A face vermelha, terra do chão, caí. Macunaíma caiu, chorou. Febril, exausta, cheia de sede, perduro gritando meu sonho infantil.

Nunca me abandone, papai.

Puzzle Branco

__________________ minha mãe me abandonou dentro da mesma casa com a mesma louça que iria para a mesa depois pia armário depois mesa e pia e armário em anos e anos sucessivos e quase infinitos, nós ali em silêncio somente as colheres e os muxoxos da sopa. Por que a cândida lembrança em momento tardio?

Já a desnudei por várias vezes, mas nunca em tantas palavras e é porque peguei a caneta nanquim 0.3 que tanto estimo por não ter conseguido desaguar nas frias linhas das páginas brancas (é assim) da tela.

__________________ quando escrevo sinto o desenho, tracejo e risco descendo uma força nos dedos que o teclado controla como um bridão. Sou cambono, oficiante, dervixe das sangrias sem cor.

Mutus Liber*

__________________ nem todas as mães são boas, isentas, santificadas, o mesmo que vestem alguns amigos ao expor sua violência contida e silenciosa pelo sucesso alheio, nem todos são as personas que se revelam virtualmente, nem amáveis como à mesa de um bar.

__________________ reproduzo esse alinhavado de somas desastrosas e cometo desatino em escancarar. Não quero cicatrizar pela escrita.

Vis Medicatrix Naturae*

pego sua mão
uma cinta larga
contorna
seus tornozelos,
gazes nos punhos
e seus nós.

nós
pelo quarto
azulado.
os nós nas franjas
da cortina
que mente,
finge
não dizer
o quê
neste quarto
vaza.

(viu manchas,
gente falou
em seus
ouvidos,
serenou,
dopada)

vibra
uma nota
aguda
e longe.

vibram
os horrores
do navio

do porão
em que chegou
com dois anos,
imigrante

os choques
vagalumes batem
no vidro limpo
e são os
mesmos
de sempre.
veem
quando
em mim,
some a voz.

iluminam o
último blues.
minha
assinatura
no papel
traduz
você.

fecho seus olhos
neste minuto
em que
a perco
para sempre.

sim,
é minha
mãe.

Inundação

As gelatinas dos refletores, filtros à mão em todos os apps, corretores de cor como chuchus da feira, óculos de todas as gamas de tons, lentes de contato com paleta. Soterrados pelos excessos de luz e sombra, vermelhos e amarelos, os olhos têm sido bombardeados de grãos, traços, cortes, imbricações, sobreposições e vamos até ao insulfilm. Vez ou outra, sonho com um quarto branco, lençóis brancos, móveis brancos, janelas para o nada, cortinas densas, brancas em leite. A retina pede sossego. Conexões neurais querem descansar das texturas, gramaturas do papel, distorções de photoshop. Preciso sonhar. Apenas. Água descendo montanha, neves eternas, olhos d'água. Pálpebras, queridas pálpebras, preciso lentamente afundar minha cabeça em três travesseiros surdos.

Frente ao céu | vespertino | retenho o ar | Expiro

no caminho da Gávea

o táxi para na esquina e meu
coração está calcinado
a paisagem é impecável no seu
espetáculo simétrico
um sol cochila
no outro extremo da rua
de mim
o mar deságua

_olho

desse lugar poderoso e quente que vezes
parece agir com tanta voracidade
que vezes vem me inundar de pelos
minha imaginária condição de fêmea plena
esse lugar que não sabe sua exata dimensão
porque sempre maior que seu real espaço
vive regrando meus pensamentos
abre minhas escolhas
perfuma a roupa, dissolve e entumece
quando olho o homem que me deseja
o lugar se imagina passeando
pelos pelos do peito, pela boca escaldante
viaja na ponta de seu nariz
devolvendo paladares.
olfato reluzente, ponto de luz

Um bebê de bruços

um bebê de bruços tem seu rosto tombado na areia

não tem bandeira que o salve

não tem palavra a caber

não temos nada a dizer

a desenhar

nem comprar imãs de geladeira para fundos perdidos

nem dizer que sentimos muito

nada é possível ser dito quando

um bebê de bruços tem seu rosto tombado na areia

monóculo

Uno spiritu corro, corro exausta para Cadaqués, corro. O mediterrâneo azul — cor que fica, eu envolta numa cauda. Visto um coágulo de fogo, túnica de longas mangas. Talvez Tunísia. Alcanço escadas de tábuas largas e em *plongée*, o crucifixo do ponto de vista do céu. É Cristo de São João da Cruz. Músculos desenhados em facetas sem perder tônus. Talvez, transitoriedade. *"Vi Cristo em sonho, na mesma posição, mas na paisagem de Port Lligat e ouvi vozes que me diziam 'Dali tens de pintar esse Cristo'"*.

Alcanço o monóculo no alto da escada espiralada, dupla. O objeto vermelho traduz lábios sobre a ilusão. Gigantesca Mae West, de onde vêm todos os vermelhos. Talvez daltônicos. É nesse sonho que volto a ver Dali, bigodes do meu gato. *In mente, correntio*, felino em palha. "Vem, Vaporoso, corra comigo".

Evoco xamã latino, peralta, vidrado. Talvez, reflexo especular. Onde os sonhos que fugiram? Areias escaldantes como inexatas. E, se não vêm à tona, que sejam sargaços em terreno movediço, olhos longos. Atrás do Tempo existe um obscuro objeto de desejo — sonhar, sonhar. Talvez, anima.

Extraviados em mim, perdendo-se na maré xadrez do cinza que pensa, não abrem. Talvez, aferrolhem. Em fluxo desço ladeiras, volto a contornar Olinda. Quantas pedras iguais às de Cadaqués, em todos os cantos, esses cantos de Oxum, seu todo? Talvez, eclipsar-se. Não me peçam sonhos — engolfo imagens que mantenho minhas. Talvez, inércia.

Deserto

Celebro o córrego de água nascida em terra goiana
e os meus pés no limite da borda.
Água de cerrado privero.
Guerras áridas em terras santas sem
a toada da cachoeirinha de pedras roliças,
branquinhas.
As crianças iraquianas israelenses afegãs palestinas
iranianas sírias não virão ao cerrado
contemplar a mina d'água.
Talvez morram jovens em nome de um deserto.

Desertem

_vagando

digno de pena
o escritor atônito que vaga
tem geleira nos braços,
vereda dura do asfalto
que sobe a serra,
linha branca contínua
leva sem dó

chegará incolor
à porta tramada
posta em ferros
a igreja de pedra
batidas chamando
como ferraduras
no calhau
nada achará

Brumadinho, Brasil. 2019

Rabisco em carvão a tela clara. Tinta acrílica tem um brilho alto, mas ainda entenderei de baixá-lo com verniz. Cor ferrugem, o amarelo, cor de saibro, cor de lama. Lama. Estou insone. Há gente soterrada, atrás da tela desse quadro virgem, branco. Rabisco sem direção. Nada se dirá com cores além desta lama aqui nas minhas mãos. Sinto escorregar. Têm uns corpos aqui, cavalos, jabotis, hortas, caminhos, roseiras. Facas, chapéus, ferramentas, marmitas, formas de bolo, toalhinhas de crochê. Escolas, tratores, pomares, jabuticabas. Tambores de Minas. Um sem-fim de peixes e passarinhos mineiros. Outros ainda que migravam, apenas. Essa palma de mão imóvel será a marca eternizada de minha impotência, desolação, medo, terror e então, a tristeza. Amasso tudo. Me firo com minhas próprias garras.

vvv

vertiginoso voltar
voltar e tornar a ver um espaço que na memória
não habita mais. Impossível seria rever
de mãos dadas com o mesmo bebê
o homem que veio a ser

Novena

Deus vai tê que tê dó da gente, se não a coisa vai piorá. Nunca vi seca igual. Nunca rezei pra modo de chuva e agora tenho até novena pra fazê. Como é a novena, Ma? Saio a pé com a mãe pela estrada e andamo até a cruz que tem ali depois do bueiro da estrada, subindo. Levo água na cabaça, jogo na cruz. Daí corre chovê. Tem de sê!

_tessitura

os anos loucos
anos dourados

apalpo os dedos em kalimba
mel e laranja num beijo
arregaço o punho da malha
regresso a passo

hastes da mão
encontram
as dezessete chaves da flauta
que soa corpo

respingou a chuva
transversal da cachoeira
— última, barroca

piano d'água correndo frio
pisando o mal que brota
e assombra
caixa de ressonância
à mesa clara, farta
tomada de benção

abrimos o vinho,
achamos o timbre
(eu)
luthier das cordas
presas às árvores

era um meio-dia
de um dia inteiro
naquele quarto
de hora

Cajuru, boca da mata

Um cheiro chama passadas lentas que chegam devagar.

Sente. O fogão de cor azul não cabe em si de tanto. Outras tinturas ao pé onde a lenha ferve. Na boca da mata, manjar branco, o abóbora do doce, arroz sarapintado de canela. Limão rosa na pinga, amarelão da polenta mole, pimenta na galinhada. Malagueta. Jerimum laranja, moranga de aroma. Cenoura refogada no alho e sal para tingir o molho do macarrão que vem no embrulho anil — macarrão largo e polpudo tomando a boca até o céu. O cheiro trança pisadas que chegam bem perto das panelas de ferro. *Sinto.* Estalando pratos nos colocamos em fila. Água de bica e a bica na cara do fogão, debaixo de telhas, fria.

Inigualavelmente fria. Enquanto a panela freme o feijão fradinho ebule.

Meus tupis.

do tombadilho do sonho
Davi em pedra

homem perfeito em pedra
vivo
duradouro, secular
dorso brilhante
iluminado, perfeito em pedra

Pedro

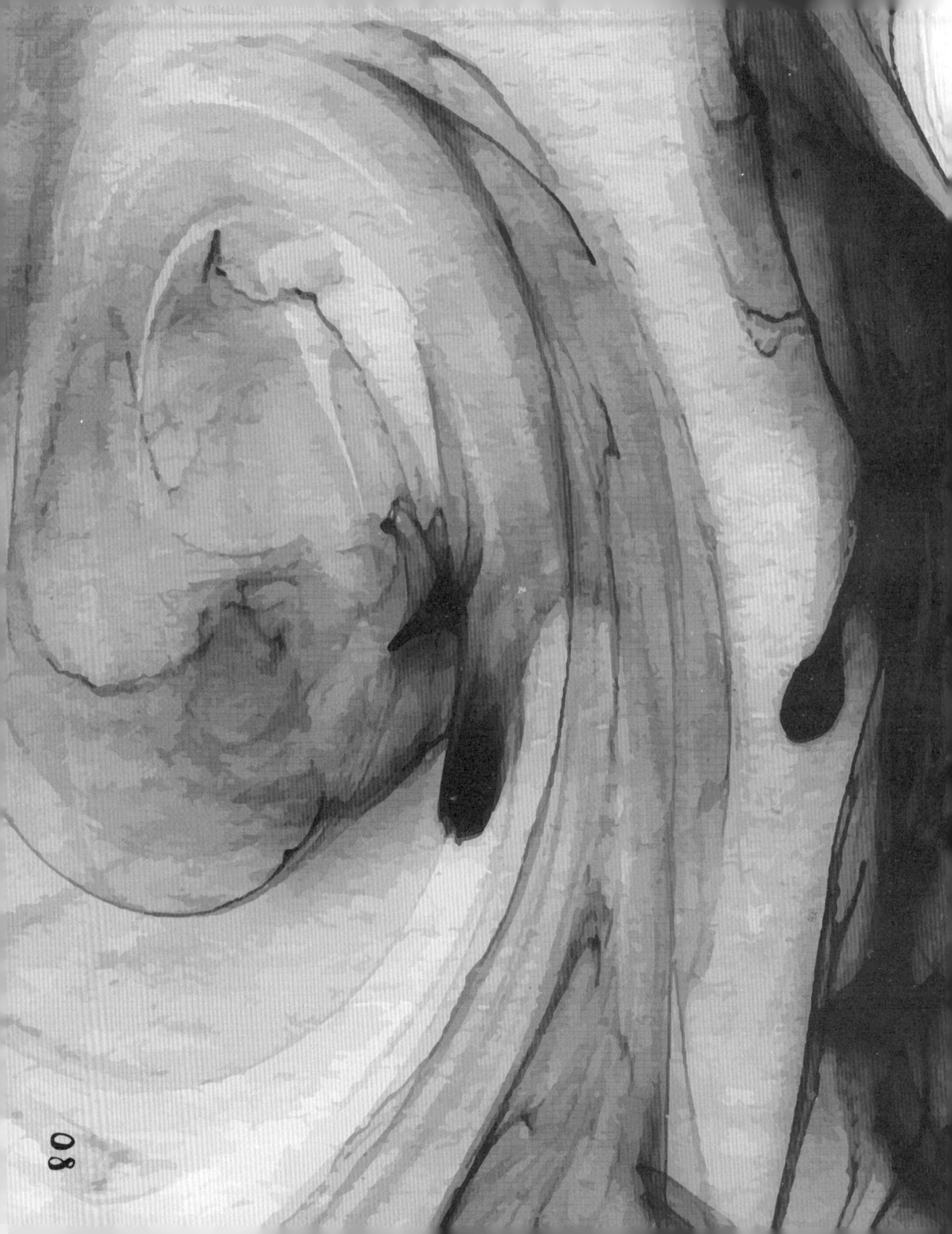

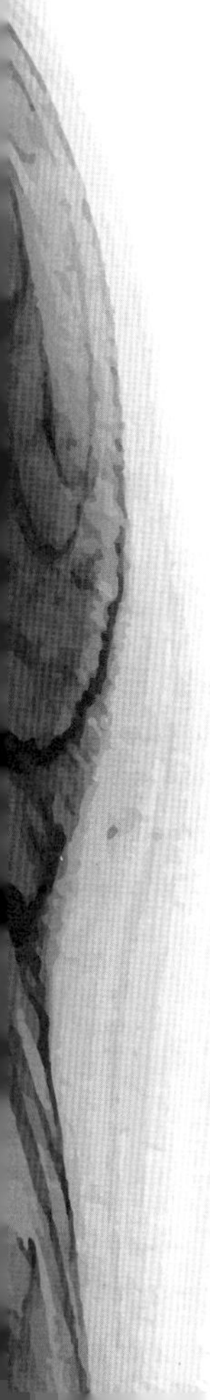

notívago
sol desejado
invasor notívago
aponte o dia

notívago | sol desejado | invasor notívago | aponte o dia

(...)

notas soltas e repetidas chegam por um só ouvido
o outro, perto demais do encosto do sofá
tem um ruido branco
inverno sem festa
inverno desmemoriado

(...)

Bolinho de chuva

Ingredientes

Toda a poesia que pôde ouvir
Toda a poesia que calou
Toda a poesia que urgiu
Toda a poesia que transbordou
Toda carta que se perdeu
Todas as letras do soneto incompleto.
Todas as canções na lareira, surdas, sem voz
Todas as lambidas na faca,
aquele último doce frio.
As vezes que fingiu dormir
As vezes que não andou mais perto, mais
As vezes que não disse
As que não entrou no camarim, no quarto
As vezes que não terminou o beijo
As vezes que não perdoou, mentiu

Modo de fazer

Numa página vegetal amanteigada inicie com os verbos.
Depois redesenhe o olhar enfeixado.
Acrescente o abandono.
Aquele quando desceu do carro, disparada.
Trace cores amareladas e feche tudo num envelope grande.
À parte, prepare um gim, uma bebida seca.
Abaixe o olhar até que se esprema a lágrima.
Encilhe o cavalo, suba três quartos de um alqueire.
Acima.
O envelope deve estar então, grudado, fechado, selado.
Solte-o na noite.
Sirva ao tempo.

...

cavo e não acho acordo
temendo que a terra
desmaie

...

... | cavo e não acho acordo | temendo que a terra | desmaie | ...

Texto e tecido

Vou vestir você. Se me deixar. Se eu prosseguir tentando.

Quero o leitor comigo por mais tempo. Como leitora, estar com a poesia (em) bebida enquanto caminho até à padaria, à pradaria. Deixa de ser texto o que acabo de sorver — passa a ser uma massa de sintomas herdados. Clonados do meu DNA. Estará até que não tenha nenhum sentido. Textos incertos e inconsistentes. Amanhecem sem sabermos se estarão vivos nas mesmas 24 horas. Múltiplos, como as gargalhadas das crianças à volta de um clown felliniano, centro da estrela azul. Espelhos de dente-de-leão soltando sementes. O espelho-leitor é o que me faz contar acentos, revisar padrões, burlar o que foi dito. Ditar para as mãos no assento da escrivaninha, ouvir meus incontáveis riscos nas paredes, as unhas roídas de ansiedade. A conta dos dias dos prisioneiros isolados. Entendo — por pele — o que é do prazer e o que é do fruir. Há teorias insondáveis delimitadas em livros em muitas páginas.

O que me move ou aquilo que me tece continua a divagar pelas prateleiras inaudíveis.

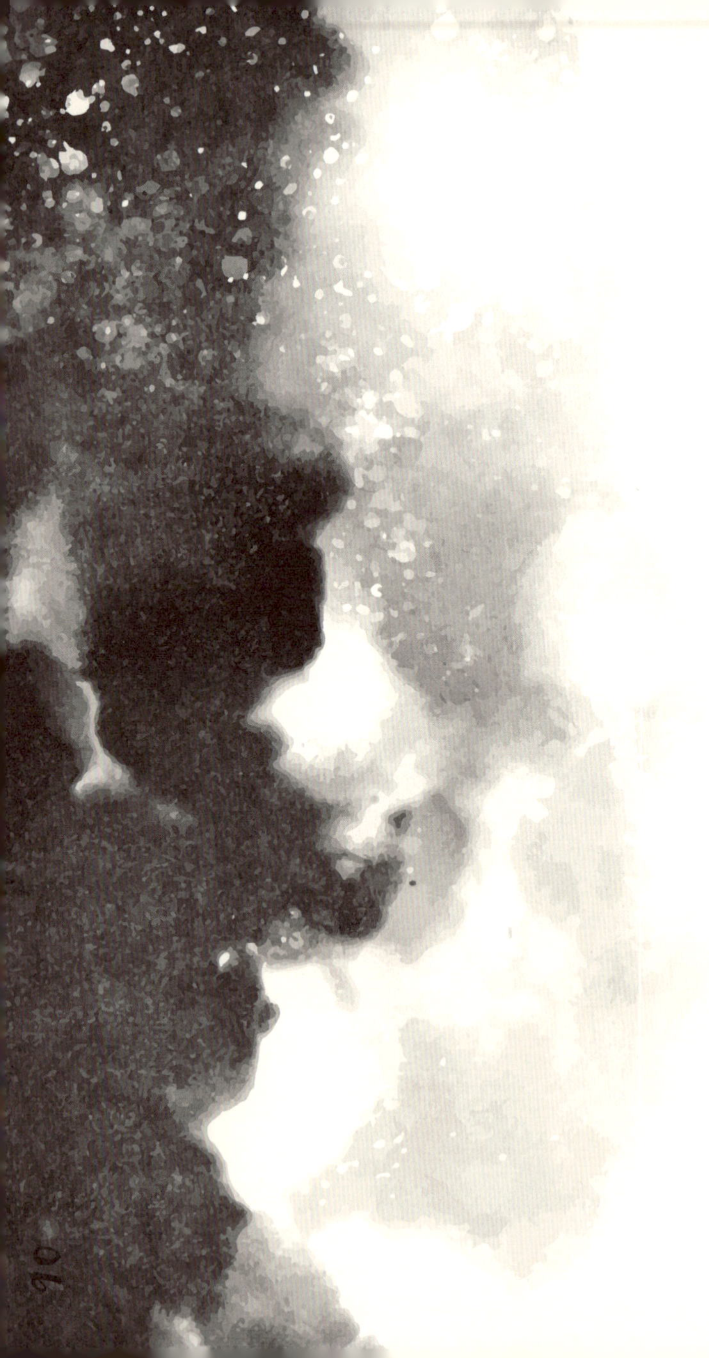

Logo será amanhã
Logo seremos sombra
tomba, exausto
corpo

Logo será amanhã | Logo seremos sombra | tomba, exausto | corpo

Caliandras

A realidade tem custo alto.

Vejo crescer as caliandras vermelhas na cerca de baixo. Alexandre garantiu que ficarão exuberantes e que ladrões de abacates não passarão. Coamentam a morte de milhões de abelhas e que sem elas, não haverá vida no planeta.

Plantadas quase cem delas garanto alimento para um quinhão. Apazigua a alma.

Uma flor saiu e me entusiasmei.

Abacates, caliandras — um mundo pequeno — que faço para sobreviver em mágica.

Em termos de fé
sou um parangolé

Em termos de fé | sou um parangolé

Cuido da vacada

Empilhadas no corredor me olham confusas.
São sagradas, errantes de olhos grandes —
maternas, bichos grandes.
Embriaguez de cheiros familiares.
Nos apropriamos de sua natureza rude e branca.
São próximas. Cosmonautas.
Mutantes.

amor primeiro

meu antigo amor

meu ex-querido (a flor)

meu anti-amado

meu longeperto primeiro

segregado

meu-abolido

abominado

parti

inteiro

meu coração

por ti

faminto e errado

Pátria minha

Durmo de papelão embaixo e plástico preto por cima. Minha janela é decente, abro um rasgo e vejo os carros saindo do buraco. Da porta, deitado, não entendo quantas rodas passam. Pra que tantas? Nem sei dizer, nem contar. Tem um vasinho de boldo, mas não tem fogo aqui — vou junto dos doidos que moram perto do buraco. Toda estrela é minha e falo com Deus, Nosso Senhor — obrigada. Tenho a vida inteira para ir aonde quiser, morar por aí, viver no Brasil.

Pátria minha

era um meio-dia
de um dia inteiro
naquele quarto
de hora

era um meio-dia | de um dia inteiro | naquele quarto | de hora

Mudanças

Tantas! Minhas quinze casas.
Móveis foram lascando, louças, livros que, mesmo com cuidados, se deslocaram de onde viviam ombro a ombro.
A casca se movendo.
Quase como um coração, a casa é dentro.
Tenho alguns textos que contam o percurso físico de estradas, bairros e ruas, até cidades. Mas aquilo que transforma está comigo porque traz passagens de minhas próprias formas — corporais, estruturais, solitárias. E de quando se pisa a primeira vez na soleira do que será. Do devir.
Outro dia ganhei uma lembrança especial: um caramujo azul de vidro, translúcido que era de uma talentosa criatura. A filha estava desmontando os 83 anos vividos com sabedoria. Recebi com as palavras: para você, a casa.
Moramos mais vezes alugando e, sem ele, entreguei as três que construímos. Os compradores frequentemente queriam com a tal *porteira fechada*: os móveis nos mesmos lugares, almofadas, talheres, panelas. Uma sensação de que se apropriavam da nossa história. Como? Ficam com os carunchos e cupins?

E deixei. Pouco carreguei.
Marilu assinou comigo a troca de donas do sítio de abacates em São Bento sussurrando é *coisa do Maninho.* Intrigada pensei — eu construí sozinha.
Seu Wagner ficou com cavalo velho, meu cão Caju, meus móveis imensos que não caberiam noutros espaços tão anchos como na fazenda Meia Ponte. Seu nome era homenagem ao início da cidade: Arraial da Meia Ponte. Com jeito tímido, seu Wagner perguntou se eu me importaria que ele trocasse o nome. Mas nunca esperei que batizasse de São Germano! Soube da história de seu marido e é uma vida de construção que me lembra a de meu pai. Tento entender até hoje porque ele santificou aquele danado e não santificou o progenitor.
Passei a porteira, anestesiada.
Acho que é uma cisma ou um destino de quem reconfigura. E recomeça.
A última casa é sempre nós — nosso corpo vulnerável e transitório, a inconstância. Não somos lagartos ao sol, estáticos. Somos camaleões por vezes inconformados com as oscilações dos buracos negros longínquos. Atentos às luas de Saturno.

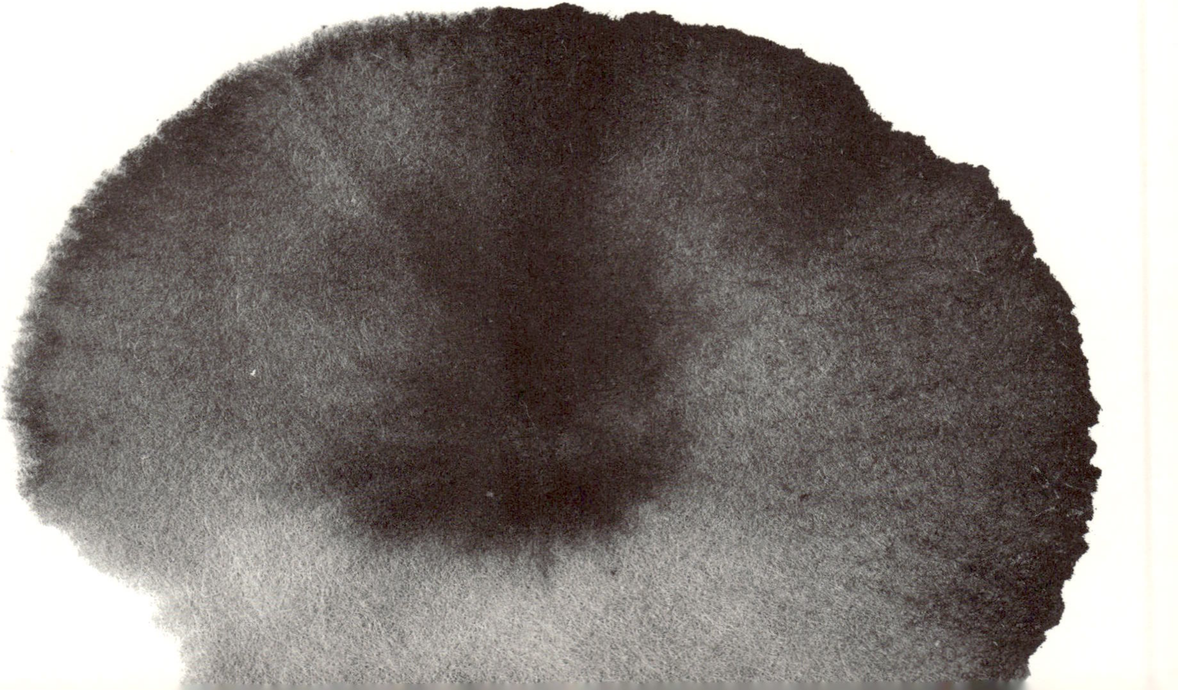

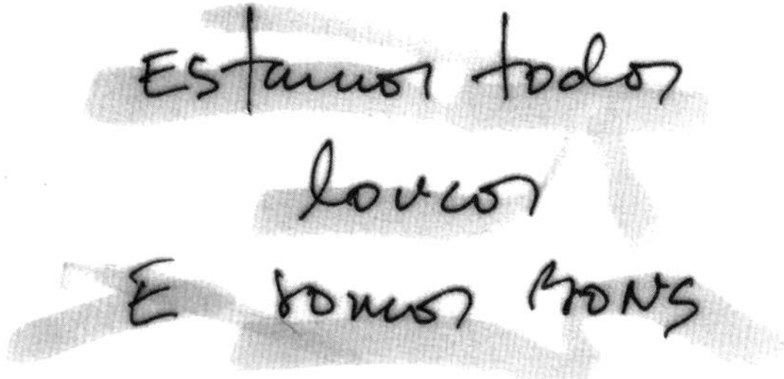

Estamos todos | loucos | E somos bons

Por que escrevo, Caramujos?

Por que escrevo, Caramujos? Estou no banho e me vem o Caramujo. Me enxugo. Faço o de sempre, sempre o mesmo. Escolhendo qual sapato, qual sandália, volta você, Caramujo. Escrevo assim, visto no ar, cada sílaba: Ca-ra-mu-jo. Destravo a porta, sim, porque não abro a porta desse apartamento. Destravo-me desse enlace de solidão consentida. E alcanço a rua. Rua Caramujo esquina com as Avenidas dos Rios Mortos. Vou na direção de um outro que desconhece em mim o Sr. Caramujo. Aqui dentro ele já vive, falta voz, mas tenho dele alguns aspectos. Ele é antenado! Mas só ousa trocar sinais com outro Caramujo. Talvez Caramuja. Caminho e, ao encostar no balcão da padaria, me perguntam o que vou beber. O que vai? Expresso? O olhar do sim se perpetua. Sim. Absorta, quero imaginar. Mais. Nos movendo agora, eu, Sr. Caramujo e o café, temos juntos o caderno de bolso que carrego caso caramujos resolvam (se) denotar. Sentamos todos. Numa golfada, esfriando meu café, preciso contar àquele conhecido dali que sorri que um vasto Caramujão toma todos os meus sentidos. E não encontro naturalmente uma caneta. Na balbúrdia dessa bolsa feminina nem tão grande, rolo meus dedos por quase tudo — pente, batom, balas de leite, receitas médicas, carteira de cartões, moeda de 1 real. Sim! No mesmo momento em que empunho para o traço C-a, assisto na parede de azulejos a vários caramujos cheios de cor. Bebo café, sei que não parece. Bebo somente café. Quase frio. A trajetória das palavras resvala por traços rasgados que tensiono* fortemente sobre frases inteiras que dispenso. Agora, os já tão íntimos Caramujos de minha observação se movem em adjetivos escolhidos. Há ação que tolero, corridas desenfreadas de espécimes caramujais pelo planeta. Os Rios Mortos se encontram em pororoca, ganham cais onde os caramujos-capitães-de-mar, desembarcam. Folhas pequenas do caderno de bolso vão se dobrando aos excessos, garranchos que serão escarafunchados numa límpida tela clara. Word. Pago e torno à Rua Caramujo, CEP inexistente, local indeterminado. Destranco ao contrário e, estando dentro desse cofre frio, alcanço o teclado que sonoramente me alerta sobre o absurdo que relato. Me pedem para contar como os Senhores Caramujos surgem e saem. Como somam e retraem. Como vazam e enxugam, pedem e abandonam. Tornam-se coloridos e apagam. Sozinhos. Horas depois — que horas não se contam aqui — tenho na minha retira um rastro de palavras encadeadas que contam. Respondem. Quem fez? Quem ousou?

(*) da física.

João Vitor

Tenho tempo para observar em silêncio como João Vitor colocou as pedras do piso da casa. Por experiência e incrível demonstração de senso matemático ou senso de adequação, elas foram dispostas geometricamente sem que se sinta de imediato. O cão deita, a gente varre, cai água, o besouro morre no retângulo, umas parecem que envelhecem tornando sua cor mais densa. Nos cantos, perderam-se algumas pontas pequenas. É a casa solidificada e amarrada nesses pisos de pedra. João Vitor deveria ser homenageado pela Academia, pela matemática, por toda a vida ao plantar pedras nos pisos das casas e jardins. Esse mundo está virado. Tantos são tratados como gênios, mas o gênio é João Vitor, por seu trabalho angular e integrado, que poderia ser aplaudido por suas próprias pedras eleitas.

o quebra-nozes

barco pequeno
a casquinha da fruta seca
mesa, toalha, céu
e as nozes-barcos
nós,
náufragos, na
tormenta frágil entre
flores de linho
sal e uvas
em um
sábado

Segure a mão
macia
Inspire o tecido
Fibra do vidro

Segure a mão | macia | Inspire o tecido | Fibra do vidro

....

serão conjugados os verbos proibidos

serão tratados os cães famintos

serão, por fim, amados

os cinzas da cidade

crianças-cheiro-de-cola-fundem-se-no-negro.

(...)

desculpe tô correndo casou está lindo não te esqueço mas nunca cheguei perto eu também dois medrosos desculpe as bobagens de outro dia controle-se não consigo por isso sou apaixonado essa timidez você está bem? trampo? muito enrolado mas você não sai daqui sonhei com você não fala mais que já estou com a chave do carro na mão doida eu? tanto tempo não deveria ser assim a gente vai acabar se encontrando aqui pelo baixo será? iria abraçar você se assustaria tudo passa rápido vai estranhar meu rosto minhas mãos deixa disso a paixão é pela inteligência bjs tô correndo aqui quando voltar daquele país ligo
não, não chore

(...)

Leia também da autora

PAULISTANALIVRO

Paulistana — crônicas de um minuto, de Regina Dias, é uma coleção de pedras preciosas literárias lapidadas em um exercício fino de concisão e precisão. A cineasta vence o desafio autoimposto de exibir em outra arte as imagens de sua infância, entes queridos, viagens e paisagens, revelando suas mais delicadas e finas memórias e reflexões. Oferece um vislumbre de impressões íntimas das suas jornadas aos centros do mundo, seja para reencontrar a si mesma numa missa na Notre-Dame ou fixar o tempo numa cabine de fotos automáticas em Londres. Atesta a mesma reverência por nossas próprias paisagens, urbanas ou do interior. Conquista nossa atenção com a lógica irretorquível do capataz que observa, diante de uma romaria a cavalo, que o verdadeiro romeiro não terceiriza o sacrifício para sua montaria. Reclama do afiador de lâminas que persiste em arrastar o passado até o coração da metrópole, mas, como o despertar de um sonho esquecido, nunca se deixa alcançar depois de nos encantar com seu apito. Encara a doída alegria da saudade, eternizando os próprios pais como um jovem casal em lua de mel na praia, e confessa-nos da coragem necessária para se acomodar à solidão após a perda do companheiro. “Escrevo desde sempre, e *Paulistana* levou muito tempo”, informa-nos Regina. Generosamente, neste nosso tempo de hiperinformação, pede apenas um minuto para apreciar cada joia que brilha com seu olhar inspirado.